목격

김엄지 글×람한 그림

미메시스

차례

*

하루 종일 선을 그어. 그리고 정작 그 선을 넘지 못하는 건 나지.

Y는 앞으로 죽 걸어갔다.

Y에게 어디로 갈 것인지 묻지는 않았다.

Y가 사라지고 석 달이 지나자 그가 섬으로 떠났다는 소문이 들려왔다.

네가 Y를 잘 알지 않나? 몇몇은 내게 Y에 대한 소식을 묻기도 했다.

Y와 나는 거리에서 헤어졌어. 그 뒤로는 나와도 연락하지 않아.

Y가 사라지고 반 년이 지나자 그가 무당이 되었다는 소문이 들려왔다.

Y가 살인을 저질렀다는 소문과.

Y는 지금 수감 중이라고도.

Y에게 신이 먼저 내렸고, 그 후 신의 이름으로 누군가를 살해하였고, 자수하여 감형되었다는 구체적인 소문이 있기도 했다.

Y에 대한 많은 소문들 중에 어떤 것은 믿어지기도 하는 것이었다.

Y를 사거리 횡단보도에서 목격했다는 사람이 있었다.

Y를 정육 식당에서 목격했다는 사람이 있었다.

Y에 대해 말하던 누군가 Y처럼 사라지기도 했다.

Y는 죽었대도. 어느 겨울날, Y를 아주 잘 아는 듯이 말하던 여자를 만난 적이 있다.

당신 집에 큰 창이 있지 않나요? 여자는 내게 물었고,

네 있어요. 나는 대답했다.

창밖에서 남자 비명 소리 못 들었나요? 내게 물었고,

네 들었어요. 나는 대답했다.

그날 죽은 거예요. 여자는 낄낄거리며 웃다가 맥주를 들이켰다. 그리고 맥주잔을 비운 뒤에 빈 잔을 테이블에 내려놓고 또 낄낄 웃었다.

그날 나는 집으로 돌아가 창을 확인했다.

그리 크지는 않군.

자리에 누워 어두운 창을 바라보며 내가 들었던 비명에 대해 생각했다.

다급하고 짐승 같은 소리였는데.

Y였던가.

저 창밖에서 죽은 걸까.

죽은 걸까, 하는 짐작은 곧 죽은 것이라는 확신이 되었다.

죽은 것이다. Y이거나 Y가 아닌 사람이.

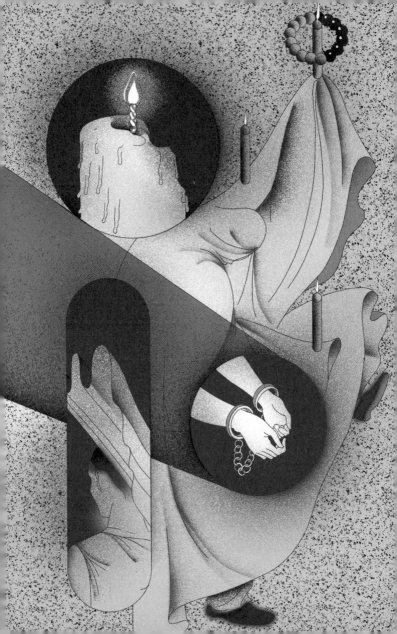

*

Y는 일주일 전 내게 연락을 해왔다.

차를 마시겠느냐고, Y는 내게 물었다.

나는 그렇게 하겠다고 대답했다.

돌아오는 토요일 오후 다섯 시.

*

우리는 아름다운 크리스마스를 보내야 한다.

어디에서?

마터호른에서.

마터호른은 왜?

거기가 기운이 좋다고.

남자와 여자는 그런 대화를 나누며 앉아 있었다. 연인
일지, 부부일지, 나는 옆 테이블에 앉은 둘을 잠깐 살펴보
기도 했다. 여자는 한참을 마터호른에 대해 이야기하다가
전자 담배를 꺼내어 물었다. 그리고 뻐끔뻐끔 빨기 시작했
다. 크리스마스에 대한 이야기는 짧게 끝이 났고, 그 후에

남자와 여자는 대화하지 않았다. 여자는 핸드폰을 들여다보았다. 남자는 테이블에 턱을 괸 채 잠이 들었다. 남자가 꾸벅꾸벅 조는 사이에 여자는 자리를 떴다. 얼마 지나지 않아 잠에서 깬 남자 역시 그 자리를 떠났다.

나는 생각 없이 빈자리를 더 바라보다가 카페의 통유리 창을 내다보았다. 지금쯤 유리 밖으로 Y의 모습이 나타나지는 않을지, 하는 기대를 하면서.

Y는 나타나지를 않고,

남자와 여자가 떠난 그 자리에 또 다른 남자와 여자가 앉았다. 둘은 꽤 심각해 보였다.

왜 사람을 끝까지 치닫게 하지?

지금이라도 헤어져야 하지 않을까.

그래. 헤어져. 헤어지자고.

왜 우리는 헤어지지 못할까.

헤어져서는 안 되는 계절이 따로 있나.

너와 내 생활은 환상이 아니었잖아. 충동으로만 이루어진 것도 아니었고. 사랑은 상대에게 자기 수치를 절대적으로 감추는 거니? 절대적으로 공유하는 거니?

아아. 너는 너무 달라졌다.

아아. 달라진 것은 내가 아니고 너다.

남자와 여자는 시시하게 말다툼을 하다가 커피는 그대로 다 남겨 두고 자리를 떴다.

남자와 여자가 떠난 자리에 한 여자가 자리를 잡고 앉았다.

응 알아.

응 알아.

응 알아.

응 알아.

여자는 응 알아, 네 번 말한 뒤에 전화를 끊었다.

나는 힐끔 여자의 옆모습을 쳐다보았다. 여자 역시 고개를 돌려 나를 쳐다보았다. 응 알아, 하는 표정이었다.

카페 내부의 사람들은 갑자기 떠들다가 갑자기 조용

해졌다. 그리고 그것을 반복했다.

뒤통수에 히터 바람이 불어왔다.

잠들 수 있을 것 같아서 잠깐 눈을 감았다.

잠깐 눈을 감고 뜨는 사이에 무슨 꿈인가를 꾸었던 것도 같았다.

잠깐 눈을 감고 뜨는 사이에 유리창 밖은 어두워져 있었다.

응알아.

응알아.

옆 테이블의 여자는 아직 거기에 있었고, 또 다른 통화를 하고 있었다.

휴대폰을 꺼내어 확인하자, Y에게 부재중 전화가 세 통 걸려 와 있었다.

어디인가?

Y는 맞은편 카페에서 나를 두 시간째 기다리고 있다

고 말했다.

　내가 그리로 가지. 내가 Y에게 말했다.

　나도 지금 나갈게. Y가 내게 말했다.

　나는 전화를 끊고 어두워진 거리로 나섰다.

　우연히 만난 사람들처럼 Y와 나는 길의 가운데서 마주쳤다.

　길고 큰, 검은색 외투를 입은 Y는 길 한가운데 멈춰 서서 나를 향해 양팔을 벌렸다.

　입김을 흘리며 서 있는 Y. 더 앙상해진 모습이었다.

　모자라도 쓰지 그래. 나는 Y에게 말했다.

　너는 그대로군. 여전해. 하나 마나 한 말들을 주고받다가 둘이 크게 웃기도 했다.

　사람들은 네가 죽었다고 믿고 있어. 나는 웃으며 말했다.

　어. 나도 그 소식은 들었어. Y는 웃으며 말했다.

　거리는 어두웠고 길바닥은 얇게 얼어 있었다. 멀리에서 캐럴과 호루라기 소리가 들려왔다. 와, 하는 인파의 함성 소리가 머나먼 곳에서 들려오기도 했다.

춥고, 추우니 담백하고 부들부들한 것을 먹도록 하자.

우리는 낙지를 먹기로 했다.

조금 오래 걸을지 택시를 탈지 잠깐 고민했다.

오래 걷는 것을 택했다.

10분 쯤 걷자 눈사람 형태의 커다란 조형물이 거리에 나타났다. 조형물의 높이는 족히 3미터는 되어 보였다. 흰 덩어리였고, 푸른빛이 났다. 거리에서 빛나는 것은 그것 뿐이었다. 누가 어떤 기획으로 세워 놓은 것인가. 크리스마스를 위하여?

눈사람이다. Y는 커다란 조형물인 눈사람에게로 다가갔다.

조금 더 걷자 같은 모양의 눈사람 조형물이 건물과 건물 사이의 허공, 공중에 매달려 있었다. 총 여섯 개의 와이어에 연결된 채였다.

오 눈사람. 오 스노 맨. Y는 고개 들어 조형물을 올려다보며 감탄했다. Y는 공중에 매달린 것을 더 좋아하는 것

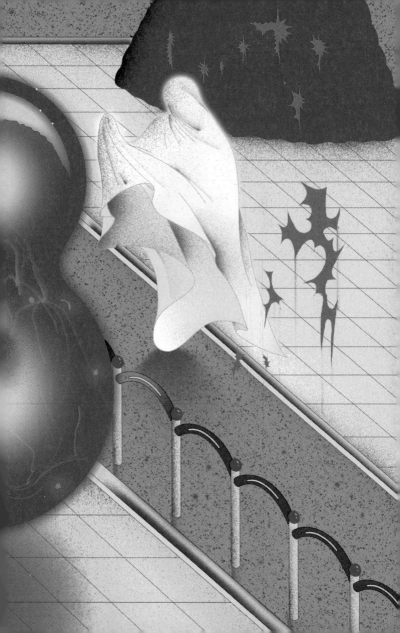

같았다.

오늘 눈이 온다고 하더군. 나는 Y에게 말했다.

아직 이른 것 같은데. Y는 하늘을 살펴보며 말했다.

저기 봐. 구름이 무거워 보이지 않나? 나는 하늘에 멈춰 있는 큰 구름을 가리켰다.

어. 곧 뚝 떨어지겠어. Y가 대꾸했다.

Y와 내가 막 낙지 전문점 안으로 들어섰을 때, 그 내부에서는 네가 뭘 알아, 너보다는 잘 알아, 하는 고성이 오가고 있었다.

Y와 나는 구석으로 가 앉았다. 곧 유리 깨지는 소리가 들려왔다.

흉흉한 세상이야. Y는 외투를 벗으며 혼잣말을 했다.

Y가 외투를 벗자 그의 가는 팔뚝이 드러났다. 희기도 흰 팔뚝이었다.

Y는 외투 안에 파란색 민소매 티를 입고 있었다.

러닝셔츠인가? 춥지 않아? 나는 Y에게 물었다.

춥기는. 나 아직 청년이야. Y는 어깨에 힘을 주어 부풀려 보였다. 그 모습이 퍽 딱해 보였고, 한편, Y가 소문대로 무당이 된 것은 아닌지 하는 의구심이 들기도 했다.

　Y는 산 낙지 한 접시와 소주 한 병을 주문했다.

　Y는 자신과 관련된 모든 소문을 알고 있다고 말했다. 구속과 이혼과 살인을 비롯한 모든 소문에 대하여, 모두 사실이 아니라고 했다.

　Y는 모든 소문이 사실이 아니라 했지만.

　나는 어쩔 수 없이 Y의 가늘고 흰 팔뚝에 눈길이 갔다. 춥지 않다니. 추위를 느끼지 못하다니. 웃는 얼굴로 저 작은 어깨를 부풀리다니.

　산 낙지와 소주가 상에 오르고, Y는 말하기 시작했다.

　언젠가 내가 정말 빙의라도 된 건 아닌지 생각해 보기도 했어. 실핏줄이 자주 터졌거든. 이유를 알 수 없이 팔이며 다리에 멍이 들고, 어떤 날에는 가슴팍에서도 멍이 들었지. 실핏줄이 자꾸 터지니까, 그 이유를 귀신에서 찾으

려고 했던 거지.

귀신이 무슨 수로 네 혈관을 터트리나? 나는 물었고.

귀신이라면 무슨 수라도 썼을 테니. Y는 대답했다.

하지만 어느 날 완전히 깨달았어. 내가 귀신에 씌지 않았다는 걸. 나는 곧바로 어머니께 전화를 걸었지. 그런데 때는 늦었는지 어머니께서도 내 말을 믿으시질 않았어. 어찌된 일인지 어머니 역시 내가 귀신에 씌었다고 굳게 믿고 계셨어. 아내도 마찬가지였어. 내 말을 믿지를 않았지. Y가 말했다.

힘들었겠군. 힘들었겠어. 나는 Y의 잔에 소주를 따랐다.

그 무렵에 내가 기도를 자주했던 건 사실이야. 새벽마다 뒷산에 가서 기도를 하기도 했지. 두 시간, 세 시간씩.

무얼 그렇게 빌었나? Y에게 물었다.

회개, 사소한 바람들. 하지만 얼마 지나지 않아서 기

도를 멈췄어. 그 어떤 작은 바람도 이루어지지 않았거든.
Y가 말했다.

종교가 있나? 나는 Y에게 물었다.

있었지. Y가 대답했다.

있었는데 지금은 아니다, 라고 Y는 덧붙였다.

나의 신은 어떤 모습일까. 신에 대해서 진지하게 고
민하기도 했었지. 그리고 마침내 신이 내 기도를 들어주지
않는 이유를 알게 되었어. Y가 말했다.

이유는 뭔가? 내가 Y에게 물었고,

신은 내 모든 미래를 알고 있기 때문이지. Y가 대답
했다.

내 기도를 들어주나 마나. 내가 내 삶의 종말 그날까
지 이 꼴 그대로일 것이기에. 신이 굳이 내 바람을 들어줄
이유가 없었던 거야.

네 꼴이 뭐가 어떻다고. 나는 Y를 위로했다.

내 기도가 모두 이루어진다 해도, 이루어지기 이전과
하나 변함없이 같은 인간일 것이란 것을 누구보다 신이 가
장 잘 알고 있을 테니. 결정된 삶은 굳이 돌아보아야 할 이

유가 없을 테니. Y는 말하는 중간중간 술잔을 가볍게 비웠고, 거의 혼자서 소주 한 병을 다 마셨다.

산 낙지는 죽은 것처럼 움직이지 않았다. Y는 소주를 두 병 더 주문했다.

누가 경찰 무섭대? 저 멀리, 벌떡 일어선 둘이 멱살을 잡고 서로에게 얼굴을 들이밀었다. 곧 그 둘은 경관과 함께 낙지 전문점에서 떠났다. 사장이 나타나 손님들의 테이블마다 찾아가 사과하기 시작했다.

죄송합니다. 죄송해요.

죄송합니다. 죄송해요.

죄송합니다. 죄송해요. 사장이 우리의 자리로 찾아왔을 때,

죄송하면 벌을 받으셔야죠. Y가 사장에게 말했다.

아. 사장은 당황한 모양으로 잠시 작은 신음을 내뱉었고,

농담입니다. Y는 농담이라 했다.

너는 뭘 그런 농담을 하나? 나는 Y를 나무라고도 싶었지만 잠자코 앉아 있었다.

Y의 가늘고 흰 팔뚝에 자잘한 소름이 돋아나 있었는데 그것에 대해서도 별말 하지 않았다. 그저 Y가 마셨고, 내가 그 빈 잔을 채웠다.

어디에서 지냈나? 내가 물으면,

여기저기. Y가 대답했고,

뭘 하고 지냈나? 내가 물으면,

비 오면 비 맞았다. Y가 대답했고,

뭐 먹고 살았는데? 내가 물으면,

파김치, 총각김치, 배추김치, 갓김치. Y가 대답했다.

나는 정말 그것들을 다 가지고 있다. Y는 자랑스럽게 말했다.

김치만 먹고 살았나? 내가 물었고,

어. Y가 대답했다.

가족들은 잘 지내나? 내가 물었고, Y는 대답하지 않았다.

어떤 순간에는 그저 내가 마셨고, Y가 내 빈 잔을 채웠다.

가족들은 잘 지내? Y가 내게 물었을 때, 나는 잘 모르겠다고 대답하고 웃어 버렸다.

정말 모르겠어. 모르겠다고. 나는 몇 번 더 중얼거렸다.

그래. 외면할 수 있을 때 외면하는 것도 좋지. 외면할 수 있다면 말이야! Y가 말하고 웃어 버렸다. 그리고는 칵칵, 가래침을 모아 뱉었다.

뱉지도 삼키지도 못하는 침은 어떻게 되는 줄 알아? Y가 내게 물었다.

몰라. 나는 모른다고 대답했다.

뱉지도 삼키지도 못하는 침은 없다. 결국에 뱉거나 삼켜야 해. 인생사가 그래. 의도와 의지와 아무런 상관없지. 네가 뱉기 싫어도 뱉어야 되고. 네가 삼키기 싫어도 삼켜야 해. 결국에 양자택일이고. 마지못해 흘러갈 뿐이야. Y는 맥주잔에 소주를 붓고 물처럼 벌컥벌컥 마셨다.

술은 언제부터 이리 잘 마셨던가. 나는 앙상하고 흰 Y를 바라보며 생각했다.

천천히 마셔. 무리하지는 마. 나는 Y에게 말했다.

허허. 나는 요즘 뭐든 무리하고 있어. 너한테만 말해 줄까? Y가 속삭였다.

실은, Y는 실은, 하고 말했다.

Y는 섹스 머신을 가지고 있다고 했다. 그동안 그것과 함께 생활하는 시간이었다. 섹스 머신 설정은 〈아내〉였다.

넌 이미 아내가 있잖아? 내가 Y에게 물었다.

있지. Y는 답했다.

그런데 하필이면 왜 설정을 아내로 하는가? 나는 물었고,

설정이 아내인 것뿐이지, 아내와는 완전히 다른 것이다. Y는 그렇게 설명했다.

무엇이 어떻게?

완전히 모든 것이, 거부할 수 없도록.

Y는 머신의 기능에 대한 이야기를 더 늘어놓기도 했다.

나로서는 알 수 없는 것이었다.

이런저런 섹스 머신에 대한 대화를 하는 동안, 나는 Y
의 아내를 떠올려 보기도 했다.

어느 겨울날, 내게 Y가 죽었다고 장담했던 여자, 그
여자가 Y의 아내였다.

네 아내도 네가 죽었다고 하더군. 내가 Y에게 말했다.

Y는 별다른 대구 없이 소주를 한 컵 더 따라 벌컥벌컥
마셨다.

Y의 얼굴은 붉어지지 않고 시간이 지날수록 점점 더
하얗게 질렸다.

*

언제부터였는지 눈이 내리고 있었다.

눈이 온다. 눈이 와.

어 눈이 오네. 눈이 와.

충분히 취한 Y와 나는 낙지 전문점의 유리 밖을 내다
보았다.

감상할 것이라곤 유리 밖의 희고 부연 풍경뿐이었다.

쌓이려나. 쌓이지는 않겠지. Y와 나는 그런 말들을 주고받다가, 둘 중 누군가 꾸벅꾸벅 졸았고, 둘 중 누군가 핸드폰을 골똘히 들여다보았다.

크리스마스와 연말에는 무얼 할 계획인지, 내가 Y에게 물었던가. Y가 내게 물었던가.

오늘 횡단보도에서 죽은 새를 또 밟을 뻔했는데, 밟지는 않았어. 그 횡단보도에서 유난히 새가 서로 부딪혀. 새두 마리가 사람들 머리 위에서 부딪치는 거야. 한 마리는 날아갔고, 한 마리는 그대로 그 바닥에 떨어졌지. 그 새는 아직까지 죽지 않았을 수도 있어. 아직까지. 지금 이 시간까지 그 자리에서 죽는 중일지도 모르지.

Y는 혼자 말했다. 계속해서.

어제 새벽에 벽에서 액자가 떨어졌는데, 내가 사는 방에 그런 액자가 있었는지도 몰랐어. 난 그 액자에 무슨 사진이 있을지 겁이 났지. 그래서 그 엎어진 액자를 똑바로 세워 놓을 수가 없었어. 엎어진 그 자리에 그대로 뒀어. 가슴이 답답해. 아무 사진도 없는 그저 액자일 뿐일 수도 있겠지. 나는 살면서 많은 가짜를 봐왔어. 사이비가 아니라고 맹세하는 자들은 당연하게도 사이비이게 마련이야. 사이비가 아니라 선언하는 자들의 지향은 그저 사이비 아님을 드러내고자 할 뿐이니. 사이비가 아님을 드러내려면 또 다른 사이비의 성질을 드러내야만 하고. 그러니 모든 판단은 사이비가 되고. 사이비이다 인정하는 것도 사이비가 되는 거지. 지금 저 밖에 내리는 것도 사이비일 테고. 내 가슴이 답답한 것도 사이비겠지. 내 속에 심장이 잘 뛰고 있는가, 심장이 아직 뜨거운가, 그 온도를 확신하는 것도 사이비이고, 내 진짜 심장은 멈춰 있을 수도 있지. 사이비만이 실제일 수도 있어. 이 말은 사이비일 거야.

  한참 말하던 Y는 자리에서 일어나 걸어 놓은 자기의 검은 외투를 뒤적였다. Y는 펜과 종이를 꺼내었다. 그리고 무어라 끼적였다. 중요한 무언가를 기록하고 있는 것 같았는데, 고개 내밀어 들여다 본 Y의 종이에는 길고 가는 선들이 그려져 있었다. 곧지만은 않은 선들이었고 보기에 어지러웠다.

눈이 마주치자 Y는 웃었다. 한 손에 펜을 쥔 채. 얇고 긴 입술을 죽 늘려서. 거의 가죽만 남은 Y의 뺨에 깊은 주름들이 패여 들어갔다.

마르고 건조한, 저토록 부서질 같은 Y가 섹스가 가능할지.

섹스 머신에 대화 기능은 없어. Y는 말했다.
섹스 머신에 스피커는 있을 것 아니야? 내가 묻자,
스피커는 있다. Y는 답했다.
스피커는 어디에 위치해 있는가? 내가 묻자,
여러 방향으로 여러 개. Y가 대답했다.
Y는 섹스 머신의 진동 기능에 대해.
진동이 있는 것과 없는 것의 차이에 대해 설명하기도

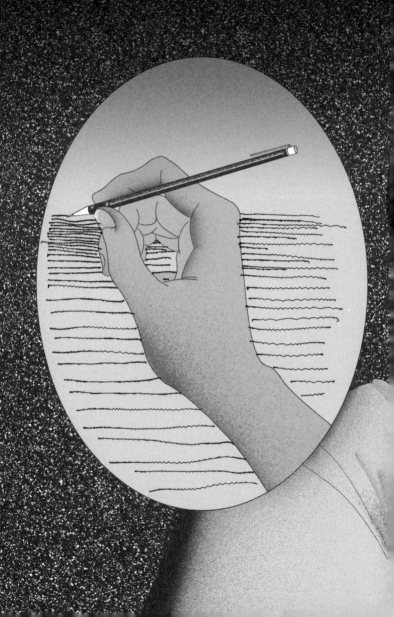

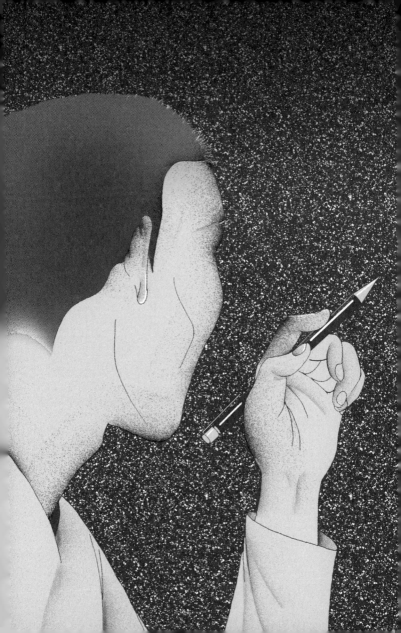

했다.

나는 여전히 잘 상상이 되질 않았다.

Y의 어깨 너머에 비상구가 있었고 나는 비상구의 초록을 쳐다보았다.

비상구 너머 불, 비상구 너머 절벽. 비상구 너머의 위험.

Y는 다시 혼자 말하기 시작했다.

나는 이제 좀 알 것 같다. 내가 사는 방식이 보이기 시작했어. 나는 나에 대한 내용 없이 나를 밀어붙이고 있어. 끝을 결정하는 것은 내가 아니겠지만. 먼 훗날에 나는 나에 대해 조금 알거나 아주 모르게 되겠지. 내가 사는 동안에 우연은 없을 거야. 내가 하는 선택은 의미가 없고. 나는 나를 사건으로 내던질 수 없고. 내 선택에 의미가 없기 때문에 나는 사건도 되지 못하는 거야. 가끔 비가 온 다음 날에는 밖으로 나가서 무른 땅을 삽으로 파보기도 해. 전신에 비를 맞으면서 내가 파놓은 구덩이에 눕지. 그러면 편

안해. 답답했던 가슴이 트이고 숨이 쉬어져. 웃기지? 내내
숨 쉬고 있었을 텐데 유독 그 순간에 숨을 느끼는 게.

　　Y는 변명에 대해서 말한 뒤에,

　　진정성, 가장 그럴 수 있는 시간,

　　기대하는 바와 몇 가지 가능성들,

　　통제되어야 하는 이유와 일말의 희망에 대해 말했다.

　　낙지 전문점 내부의 조명은 점점 어두워져 Y의 이목
구비가 잘 보이지 않았지만, 나는 알 수 있었다. Y는 후유
증을 겪고 있는 중이라는 것. Y는 차에 치였거나 기관지염
을 심하게 앓았던 적이 있지 않을까. 폐의 문제가 Y의 가슴
을 답답하게 하는 것일 수 있고, Y는 가슴뼈의 구조가 기형
일 수도 있다고 생각했다. 그도 아니라면 Y는 자폐 상태일
수 있겠다고.

　　Y와 내가 나누었던 마지막 대화는 달리기에 관한 것
이었거나 인생에 관한 것이었다.

느리게 뛰는 것과 빨리 걷는 것에는 차이가 없어. 느리게 뛰다 보면 빨리 걷게 되고, 빨리 걷다 보면 느리게 뛰게 되거든. 이 길에서 내가 느리게 뛰고 있는 것인가, 빨리 걷고 있는 것인가, 너는 알 수 없을 거야. 그게 인생이니까.

전력 질주하면 되지.

지금 그 이야기가 아니야.

달리기 이야기 아니었나?

인생 이야기였어.

인생 이야기였군.

*

나 이제 간다.

Y에게 어디로 갈 것인지 묻지는 않았다.

Y는 앞으로 죽 걸어갔다.

거리는 어두웠다. 눈은 쌓이지 않았다.

눈이 비로 바뀌었고, Y는 비를 맞으며 걸었다.

검은 길 속으로 사라지는 Y의 검은 외투.

나는 얼마간 Y를 바라보다가, 나 역시 뒤돌아 Y와 반대 방향으로 걷기 시작했다. 비는 맞을 만한 정도로 내렸다.

취기 때문인지 눈을 뜨고 걷는데도 불구하고 앞이 깜깜했다.

어디로 가야 한다는 생각 없이 걸었다.

걷는 동안 Y와 나누었던 그 어떤 대화도 떠오르지 않았고, 머릿속에는 응 알아, 응 알아, 하는 여자의 목소리가 맴돌았다. 골이 울리고, 내가 밟는 것이 바닥이 맞는가? 나는 의심하면서 아주 조금씩만 전진했다. 조금도 나아가지 않는지도 몰랐다.

잠깐이었는지, 오래였는지, 제자리였을지, 걷다 보니 눈사람 모양의 조형물이 눈앞에 나타났다. 나는 빛나는 그

것 앞에 바짝 다가가 이리저리 살펴보다가, Y가 어째서 나에게 연락을 했던 것인지 궁금해졌다. 그러나 이미 Y는 나와 멀어졌다.

아니 어쩌면 이 길 어딘가에서, Y 역시 나와 같이 아주 조금씩만 전진하고 있을는지도 모를 일이었다.

나는 어지러워 더 걸을 수 없었고, 24시 카페 안으로 들어섰다.

많은 사람들이 웅성거리며 그 안에 앉아 있었다.

모두 어디에서 모인 것인지.

다 어디로 흩어지려나.

Y와의 만남은, 대화는, 남은 것 하나 없이 흩어지고 흩어지기만 하는 것이었다.

나는 앉은 자리에서 몇 번인가 졸았고, 몇 번인가 깨었다.

응알아.

응알아.

눈 감고 있는 동안 통화하는 여자의 목소리를 듣기도 했다.

24시간 내내 안다고 말하는 여자. 저 여자는 정말 다 아는 여자인 것이다.

하릴없이, 하릴없는 생각을 하다가 자리에서 일어나 밖을 나섰다.

거리는 조금도 밝아지거나 어두워지지 않았다.

나는 걸었다.

한 남자가 길가의 공중전화 부스 안에서 수화기를 붙들고 울먹였고, 멀리 캐럴이 흐르고, 호루라기 소리와 유리 접시 깨지는 소리, 깨진 위에 무언가 엎어지는 소리가 들려왔다.

나는 공중전화 부스에 기대어 서서 잠깐 잠들었던가. 어떤 꿈을 꾸었던가. 눈을 떴을 때 공중전화 부스 안에서 울먹이던 남자는 없었다.

나는 공중전화 부스 안으로 들어갔다. 그 안의 공기는 밖과는 다른 것이었고, 갑작스럽게, 집으로 돌아가야 한다는 마음이 들었다.

왜 날은 밝지를 않는가. 시간을 확인해 보았고.

Y는 어디까지 갔을까. 도착하였을까. 어디든, 도착하였을까.

나는 도로와 인도의 경계에 서서 내 앞에 택시가 지나가기를 기다렸다. 그리고 Y에게 전화를 걸었다.

신호음은 단 한 번 걸렸고, 없는 번호입니다, 라는 안내 음성이 흘러나왔다.

네 번 더 걸었고, 네 번 다 그랬다.

그 사이 없는 번호가 되다니.

그럴 수도 있는가.

그럴 수도 있다.

내 앞에 멈춰 선 택시 기사가 창을 내리고, 안 탈 거요? 말했다.

탑니다. 나는 탔다.

택시는 공중에 매달린 눈사람 조형물 밑을 지났다. 택시의 차창 밖으로는 눈이 오기도 했고 비가 오기도 했다. 강 위를 지나고, 강 위에 내리는 것은 눈이나 비가 아니라

아주 작은 유리 조각 같았다. 허공 없이 유리가 내리고.

감사합니다. 나는 택시에서 내린 뒤 말했다.

감사하면? 기사가 슥 웃으며 내게 물었다.

무슨 말씀이신지? 내가 묻기 전에, 기사는 빠른 속도로 사라져 버렸다.

해는 뜨지를 않았다.

크고 작은, 흐린 형체들이 하나둘 거리에 나타나기는 했다.

누구와도 어깨를 부딪치지 않았다.

지금쯤 Y는 어디에.

나는 집으로 들어가기 전 현관 앞에서 Y에게 다시 전화를 걸어 볼까 하다 그만두었다. 결정된 삶은 결정된 삶이었고, 없는 번호는 없는 번호였다.

*

집으로 들어가 창을 확인했다.

그리 크지는 않군.

짐승 같던 비명을 떠올리기도 했고.

나는 화장실로 들어가 세수를 했다.

거울에는 오래된 물의 흔적들이 있었다.

뜨겁게 샤워를 하는 동안 Y가 가지고 있다는, 〈아내〉 설정의 섹스 머신에 대해 생각해 보기도 했다.

나라면, 어떤 설정을.

화장실에서 나와 수건으로 물기를 닦고, 냉장고 앞까지 걸어가는 동안에도 생각했다.

나라면, 어떤 설정을.

냉장고를 열기 전에, 유난히 추워 보이던 Y가 떠올랐다. 마른 가지 같은 손목, 팔뚝에 자잘하던 소름. 나는 냉장고 손잡이를 잡고 서서, 혹시 Y가 이 안에 잠들어 있지는 않을까, 잠깐 생각해 보기도 했다.

냉장고 문을 열었을 때, 그 안에 Y는 없었고, 캔 맥주

세 캔과 포장이 뜯어진 김이 있었다.

나는 맥주 한 캔을 꺼내어 마셨다.

빈 캔을 구기는 소리와 그다음에 정적.

나는 현관문을 바라보았다.

누군가 현관문을 마구 두드릴 것만 같았다.

누군가 벌컥 창을 열어젖힐 것이라는 예감.

누군가 창밖에 서서 이 안을 들여다보고 있을 것이
라는.

그 두 눈과 언젠가는 마주칠 것이다.

새벽에 더 조급증이 이는 것은 어쩔 수 없는 것이
었다.

그리고 다시 생각했다.

나라면, 어떤 설정을.

나는 창을 열고 고개를 내밀었다.

차가운 바람이 방향을 바꾸어 가며 쉼 없이 불었다.

내가 잠든 사이에 해가 뜨고 다시 질 것이었다.

해가 뜨고 지는 사이에 Y에게 연락이 올 수도 있었다.

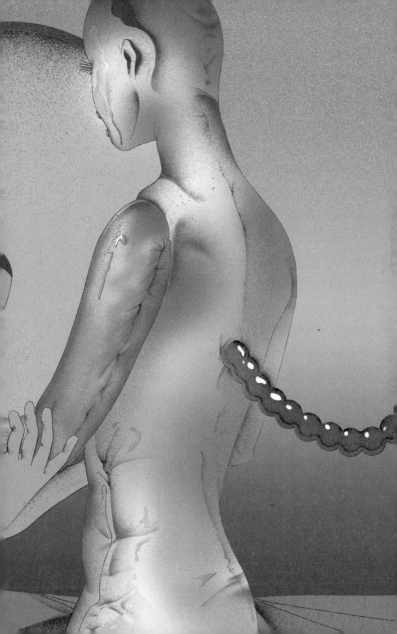

Y의 아내는 Y가 죽었다고 했지만.

그러나 Y는 죽지 않고 살아서 〈아내〉 설정의 섹스 머신과 섹스를 했다고.

나라면, 어떤 설정을.

진동의 강도와 고음과 저음의 밸런스.

적당한 것이란 무엇일지.

적당할수록 완벽하다. Y는 그렇게 말했었다.

나는 TV를 켜고 그 바로 앞에 누웠다.

눈을 감고 잠이 들기를 기다렸다.

감은 눈앞에 끊임없이 TV의 빛이 어른거렸다.

하나의 프로그램이 시작되었는지, 여자가 인사를 하는 목소리가 들려왔다. 여자는 오늘 자기가 무엇에 대해 말할지 소개했다.

타인을 해하는 일은 어렵지 않습니다. 오히려 간단하죠. 물리적인 것은 언제나 간단합니다. 그에 반해 마음의 일은 복잡합니다. 좀처럼 결정이 되지 않죠. 오래전에 결론이 났다고 생각했던 사건이 사실 시작도 하지 않았다는 걸 깨달을 때가 종종 있습니다. 내 실수가 꿈에서의 일인지, 현실에서의 일인지 분명하지 않은 날도 있지요. 가족이나 절친한 지인의 존재는 어떤가요? 가끔은 그들에게 속고 있다고 느낄 때가 있습니다. 혹은, 속고 있는 것인지 아닌지, 그조차 확신하기 어려울 때도 있습니다. 미워해야 할 대상과 나를 분리하지 못하고 막연해지는 것입니다. 막연함은 우리들 화의 이유가 되기도 합니다. 화가 날 때에 가장 먼저 우리가 해야 할 일은 화를 인정하는 것입니다. 화에 대한 태도 중 가장 좋지 않은 것은 화를 참는 것입니다. 참다 보면 치밀어 오는 새로운 화와 마주치게 됩니다. 그리고 곧 왜 참아야 하는지, 생각하게 됩니다. 왜 참아야 하나, 하는 생각은 도움이 되지 않습니다. 참아야 할 이유를 생각하다 보면 참지 않아도 될 이유가 더 많이 떠오르게 됩니다.

감은 눈에 밝고도 어두운 얼룩이 계속되었다.

나는 강의를 진행하는 여자의 목소리를 들으며 그 여자의 얼굴을 상상해 보기도 했다.

입술의 두께. 머리카락의 구불거림.

저 여자의 얼굴과 몸에는 몇 개의 점이 있을는지. 수 많은 점이 있을 것 같은 얼굴과 몸. 깨알 같은 것들. 실감 나도록. 여러 방향의 여러 개의 스피커. 어느 정도의 진 동. 어떤 오류가 TV 채널을 바꾸어 버린 것처럼 나는 잠들 었다.

꿈속에서, 응 알아, 응 알아, 하는 여자의 목소리와 호 루라기 소리가 시작되었다.

인파의 함성과 웅성거림이 속에서

꿈속에 내 방은 무언가 변해 있었다.

나는 내 방이 낯설어 어리둥절했다.

조금 더 넓고, 천장은 낮았으며, 벽이 약간 기울어 있 었다. 방 안은 먹구름처럼 어두웠다.

어떤 의문 때문이었는지 나는 침대 밑을 들추었고, 숨 어 있던 귀신과 기어이 눈이 마주쳤다.

눈이 마주친 순간, 귀신은 순식간에 내 집의 모든 전 구를 훔쳐 달아났다.

사라진 전구 하나, 둘, 셋. 넷.

경찰을 불러야 한다.

하지만 경찰이 무슨 수로 귀신을 잡는단 말인가.

창밖에서 캐럴과 호루라기 소리가 들려왔다. 멀리에서 무언가 깨지고 엎어지는 소리가 들려왔다. 악, 하는 비명 소리가 들려왔다. 누군가 죽었다. Y이거나 Y가 아닌 사람이. 꿈속의 창밖에서 인파가 웅성거리길, 내가 죽었다고 했다.

*

여전히 창밖은 어두웠고, 창밖의 아득한 소리들은 꿈에서보다 더 아득했다.

무엇이 깨지고 있는가. 나는 창을 열어 보기도 했다.

창 너머의 외벽이 보였다.

외벽 너머의 외벽과, 또 다른 외벽의 창을 상상하기도 했다.

나는 다시 자리에 누워 열린 창을 바라보았다.

문득 Y의 희고 흰 팔이 떠올라. Y에게 전화를 걸었다.

없는 번호였다.

나는 Y의 아내에게 전화를 걸었다. 그녀 역시 받지 않
았다.

*

언젠가 Y의 아내에게 전화가 걸려 왔다.

꿈자리가 뒤숭숭합니다. 내가 말했다.

맥주를 마시겠느냐고, Y의 아내가 내게 물었다.

나는 그렇게 하겠다고 대답했다.

*

Y의 아내는 약속한 시간에 맞추어 나타났다.

나를 한눈에 알아본 듯 환하게 웃으며 내 앞에 앉
았다.

Y는 죽었대도. Y의 아내가 말했다.

죽었다니요? 제가 만났습니다. 내가 말했다.

당신 집에 큰 창이 있지 않나요? 여자는 내게 물었고,

네 있어요. 나는 대답했다.

창밖에서 남자 비명 소리 못 들었나요? 내게 물었고,

네 들었어요. 나는 대답했다.

그날 죽었어요. Y의 아내가 말했다.

나는 아무래도 믿을 수 없었다.

Y에 대한 생각보다도. 내 앞에 앉아 있는 여자에 대해서. 믿을 수가 없었다.

Y가 가지고 있다는 머신이 내 앞에 앉아 있는 것은 아닐까.

저 여자의 입을 벌려 확인하고 싶다.

나는 문득 Y의 아내라는 여자의 입을 벌려 그녀의 안을 확인해 보고 싶었다. 어떻게 작동되고 있는가? 감추어둔 스피커는 몇 개일지. 나는 Y의 아내가 말할 때마다 가늘게 떨리는 목울대를 쳐다보았다. Y의 아내가 숨 쉴 때마다 작게 들썩여지는 쇄골을 쳐다보았다. 진득한 땀을 흘렸을 살갗. 너무나 진짜 같은.

무서운 일이군요. 내가 말했다.

뭐가요? Y의 아내가 물었다.

글쎄요. 나는 더 설명하지 못했다.

본인을 Y라던, 그 사람은 어떤 말들을 했나요? Y의 아내가 내게 물었다.

이제는 신을 믿지 않는다고 하더군요. 섹스 머신의 기능을 〈아내〉로 설정해 두고 사용한다고 합니다. 파김치, 총각김치, 배추김치, 갓김치를 먹으며, 비가 오는 날에는 비를 맞으며 생활했다고 합니다. 진정성은 진동 기능에서 비롯된다고 합니다. 이런 말들을 Y의 아내에게 전하지는 않았다.

좀 추워 보였습니다. 나는 Y에 대해 그렇게만 말했다.

좀 추워 보인다는 나의 말에 Y의 아내는 한 손으로 급히 입을 틀어막았다. 그리고는 낄낄거리며 웃기 시작했다. Y의 아내는 웃다가 맥주를 들이켰다. 그리고 맥주잔을 비운 뒤에 빈 잔을 테이블에 내려놓고 또 낄낄 웃었다.

저 여자는 왜 웃는가.

왜 웃습니까? 물을 수도 있었겠지만.

밤부터 눈이 내린다고 하더군요. 내가 말했다.

우산은 있나요? Y의 아내가 내게 물었고,

아니요. 나는 우산이 없었다.

소문과 실체에 대하여, 얼마간 대화를 하기는 했다.

소문의 실체, 실체의 실체, 소문의 소문. 남는 것은 없었다.

Y의 아내가 먼저 자리에서 일어섰다.

나는 남아 Y의 아내에 대한 생각 몇 가지를 정리했다.

*

아직 눈이 내리지는 않았고, 어두운 바닥은 얇게 얼어 있었다.

단단하고 미끄러운 위를 걷고 있을 때 눈앞에 신호등이 나타났다.

횡단보도의 흰색에 검은 새가 짓이겨져 있었다.

꺾인 날개의 깃털이 흔들리고 있는가. 지금 이 시간까지 죽어 가는 중인가. 나는 그 앞에 서서 검은 것에 움직임

이 있는지 아니면 아주 멈춰 버렸는지 살펴보기 위해 고개 숙이기도 했다.

아직 밤이었다.

차갑고 얇은 바람이 한 방향으로 불었다.

나는 앞으로만 걸었다.

무엇인가 불쑥 내 앞에 나타날 것을 예감하면서. 무엇인가 끝이 나버릴 것을 확신하면서.

계속 걸어도 계속 밤이었고,

빠른 걸음으로 걷기도 했다.

느리게 뛰기도 했는데, 알 수 없었다.

내 뒤에 누군가 걷고 있는 것인지 끊임없이 바람이 부는 것인지,

춥기도 해서 어깨를 움츠리고 걸었다.

곧 눈사람 모양의 조형물과 마주쳤다.

푸르게 빛나는 덩어리. Y는 저것 앞에 서 있었다.

그리고 또 얼마 후에는 건물과 건물 사이의 허공, 공중에 매달린 조형물을 확인했다.

여섯 개의 와이어에 매달린 것.

Y는 저것을 스노 맨이라고 부르기도 했다.

응 알아, 한 여자가 통화를 하며 내 옆을 스쳐지나

갔다.

목격

「목격」의 이야기는 어디서, 어떻게 시작되었나?

작년 겨울, 아무 생각도 하지 않으려고 잠을 많이 잤다. 그럼에도 불구하고 내가 살아왔던 그 어떤 시기보다 많은 생각들을 해야만 했고 괴로웠던 것이 사실이었다. 밖으로 나가면 춥고, 거리에는 이상한 눈사람이 전시되어 있었다. 저건 눈사람이 아니다. 부정하는 마음으로 쓰기 시작했다.

본인이 생각하는 이 이야기의 중심은 어디인가?

중심 이야기 혹은 플롯을 만들고 쓴 글은 아니어서 어느 부분을 집어 여기가 중심이다, 말할 수가 없다. 내게는 다 중심으로 읽힌다.

어떤 장면이 가장 마음에 남는가?

〈외면할 수 있을 때 외면하는 것도 좋지. 외면할 수 있다면 말이야!〉 이 문장이 마음에 남는다. 왜 완전히 멀어지지 못할까, 하는 생각을 자주 한다.

문장이 압축적이고 리듬이 있다. 일상적인 것을 표현하는데도 낯설게 느껴진다. 평소 문체에 대해 어떤 생각을 하나?

무엇보다 내가 쓰기에 편한 문장을 쓴다. 또 내가 읽기에도 거북하지 않을 문장을 쓰도록 노력한다. 낯설게 하려는 의도는 없었다.

행 띄움, 행갈이가 자주 보인다. 기준이 있나?

쓰는 도중에 힘에 부치면 행갈이를 한다. 효과에 대해서는 무책임한 편이다.

최근의 화두는?

실행하는 사람이 되자고 되뇌고 있다. 올해 봄부터.

람한의 일러스트를 보고 본인이 생각했던 이미지와 어떻게

같고 어떻게 달랐나?

모형 눈사람이 전시된 거리의 모습이 내가 생각한 것과 흡사해서 놀랐다. 다른 점이라면 이 소설에 몇 개의 창문이 등장하는데, 내가 생각한 창문에는 커튼이 없다.

이야기를 짓는 것이 어떤 즐거움을 주는가?

글을 쓰다가 편두통이 올 때, 아 내가 지금 일을 열심히 하고 있구나, 만족감을 갖게 된다.

소설을 쓸 때 중요하게 생각하는 본인만의 원칙이 있다면?

억지로 쓰지 않아야 한다. 정성을 다해야 한다.

소설에 확신이 들지 않을 땐 어떻게 하는가?

결과물이 좋다는 확신도 나쁘다는 확신도 가져본 적이 없다. 성격 문제인 것 같다. 밥통 취사 버튼을 눌렀으니 곧 밥이 될 것이다, 이 정도의 확신만 가진다.

색다른 것을 해야 한다는 강박 관념은 없나?

색다른 것에 대한 강박은 없다. 이야기를 다 만들어 놓았을 때 너무 흉하면 안 된다, 라는 강박은 있다.

김엄지에게 〈소설〉은 무엇인가?

나에게 소설이란, 정말 뜬구름 같다. 구름처럼 멀리 가렴.

〈소설〉은 현시대에 어떤 힘을 지니고 있다고 생각하는가?

저마다 개인에게는 크고 작은 영향을 미칠 수 있겠지만 소설이 〈현시대〉에 어떤 영향을 끼칠 수 있을지는 모르겠다. 현시대가 어떤 시대인지도 잘 모르겠다. 요지경 같기도 하고 그저 지나온 시대와 다를 바 없는 시대 같기도 하고.

어떤 이야기를 쓰고 싶나?

선명하고, 희망적인 이야기.

이 책을 〈테이크아웃〉 한다면 어떤 공간과 시간으로 이 책을 가지고 가고 싶은지?

내가 모르는 시간, 내가 모르는 공간. 나는 안 가고 책만 보내고 싶다.

" 표면은 차갑지만 뭉근한 내장이 꿈틀댈 것 같은 이미지 "

람한

「목격」을 읽고 가장 먼저 떠오른 이미지는?

추운 겨울, 두꺼운 통유리를 사이로 찬 공기와 따듯한 공기가 나뉘어 뿌옇게 김이 서리다 못해 물방울이 주르륵 흘러내리고 있는, 어느 길가 상점의 쇼윈도가 생각났다.

인상적이거나 중심이라고 생각했던 장면이나 이미지는?

신들림, 눈사람 조형물, 섹스 로봇, 산 낙지처럼 조형적으로 이웃을 이루는 소재들의 조합이 매력적이었다. 소설을 읽는 내내 볼륨이 있고 미끄러질 듯한 질감의 둥글고 반들거리는 구체를 상상했다. 표면은 차갑지만 그 속에는 뭉근한 내장이 꿈틀대고 있을지도 모르는, 유령 같은 이미지. 그림에도 그런 요소를 넣었다.

평소에 다양한 색을 사용하는데, 한 가지 컬러로만 표현하는 것은 평소의 작업과 어떻게 달랐나?

평소 색을 여러 가지를 사용하고 완성하는 도중에 자주 색상 계획을 수정하거나 즉흥적으로 바꾸는 편인데, 한 컬러를 사용하니 그림을 완성하는 과정이 평소와 달랐다.

초현실적인 이미지로 이야기를 한다. 김엄지의 소설에서 본인의 방식과 공유할 수 있는 부분이 있었나?

다른 차원 속에 존재하는 듯한 인물의 태도에 접점이 있을 것 같다. 작품 전반에서 읽힌 불쾌감이 독특한 인상을 남겼다. 요즘의 내가 그림을 통해 표현하고 싶은 지점과 공유된다고 느꼈다.

스타일에 대해서 더욱 고민하는 편인가?

임의로 스타일을 만들지 않고 자연스럽게 원하는 것을 표현하려고 한다. 그래서 중구난방처럼 보이기도 하지만, 원하는 방향을 정리해 나가다 보면 스타일이 완성될 것이라고 생각한다. 아직 한

참 남은 과정이다.

그림에 확신이 들지 않을 땐 어떻게 하는가?

확신이 들 때까지 계속 고친다.

요즘 관심을 두고 있는 주제나 생각이 있나?

머릿속에 주입된 폭력적이면서도 매력적인 미디어와, 그것과 유착 상태였던 어린 시절의 추억 등에 관심을 두고 있다.

의뢰를 받아서 하는 작업이 개인 작업에 도움이 되나?

도움이 된다. 제안이 오면 어떻게든 도움이 되도록 작업 방향을 연결지으려고 한다. 클라이언트가 크게 눈치 못할 정도의 약간의 새로운 시도를 가미하기도 한다. 또 기획자와 소통하는 것 자체가 개인 작업에 큰 도움이 된다.

요즘 어떤 종류의 개인 작업을 하는지?

대중 매체를 통해 깃든, 직접 체험하지 않은 유사 기억에 가까운 영상을 응고시켜 시각화하는 것에 관심이 있다. 아주 사소하게는 옆에 있는 고양이를, 방금 먹은 햄버거를 그리기도 한다.

고전 화가에게서 영향을 받은 적이 있는지?

설명 글 없이 시각적으로 읽을 여지가 많은 고전 화가들의 그림을 좋아한다. 가장 좋아하는 작가는 히에로니무스 보스Hieronymus Bosch이다. 해석에 따라 그림을 달리 볼 수 있는 작가이다. 해석의 여지가 분분하다고는 하나 그의 그림이 직관적이라고 생각한다. 첫눈에 봐도 그림 속에 이야기가 흘러넘친다. 그런데 영향을 어떻게 받았는지는 모르겠다. 영향은 지금 활동하고 있는 작가들에게 더 받는 것 같다.

그림의 아이디어는 어디서 어떻게 나오는가?

유튜브, 구글링, 트위터, 인스타그램, 친구랑 나누었던 대화, 일기, 어질러진 책상, 산책하면서 지나친 풍경, 샤워하면서 떠올랐던 생각 등에서 얻는다.

어떤 도구를 주로 사용하나? 즐겨 쓰는 재료가 있는지?

거의 전 과정을 디지털로 한다.

그리기 과정에서 중요하게 여기는 것은?

뭘 그릴까보다는 어떻게 마무리지을까를 많이 생각한다.

문학 작품을 읽으면서도 영감을 얻는지 궁금하다. 최근에 어떤 작품을 읽었는가.

소설을 읽을 때 작가가 묘사한 풍경이나 소설 자체가 풍기는 분위기에 영감을 받았던 적이 있다. 최근에 읽었던 작품은 히가시노 게이고東野圭吾의 「악의惡意」였다. 떠오른 영상은 한밤의 퀴퀴한 녹색 정원 이미지였다.

같이 일해 보고 싶은 문인이 있다면?

애거서 크리스티Agatha Christie의 추리 소설 시리즈에 대한 작업을 하면 즐겁겠다고 상상한 적이 있다.

그림을 그릴 수 없는 상황이 닥친다면 어떤 식으로 〈그림〉에 대한 욕구를 표현하겠는가?

하루하루 일기를 쓸 것 같다.

작가 인터뷰

김엄지

2010년 『문학과사회』 신인문학상에 단편 소설 「돼지우리」가 당선되어 등단했다.
장편 소설 『주말, 출근, 산책: 어두움과 비』, 소설집 『미래를 도모하는 방식 가운데』와
에세이집 『소울 반띵』(공저)이 있다.

람한

기괴하면서도 비밀스러운 인물과 공간을 그리는 일러스트레이터이자 그래픽노블
작가이다. 자신만의 이야기를 만화와 그림으로 표현하면서 동시에 책과 영화에 그
림을 그린다.

TAKEOUT 17
목격

글 김엄지 **그림** 람한 **발행인** 홍유진 **발행처** 미메시스
주소 경기도 파주시 문발로 314 파주출판도시
대표전화 031-955-4400 **팩스** 031-955-4404
홈페이지 www.mimesisart.co.kr **email** info@mimesisart.co.kr

Copyright (C) 김엄지, Illustration Copyright (C) 미메시스, 2018, Printed in Korea.
ISBN 979-11-5535-147-5 04810 979-11-5535-130-7 (세트)
발행일 2018년 11월 1일 초판 1쇄

이 도서의 국립중앙도서관 출판예정도서목록(CIP)은 서지정보유통지원시스템 홈페이지
(http://seoji.nl.go.kr)와 국가자료공동목록시스템(http://www.nl.go.kr/kolisnet)에서
이용하실 수 있습니다. (CIP제어번호: CIP2018032846)

이 책은 실로 꿰매어 제본하는 정통적인 사철 방식으로 만들어졌습니다.
사철 방식으로 제본된 책은 오랫동안 보관해도 손상되지 않습니다.

테이크아웃은
단편 소설과 일러스트를 함께 소개하는
미메시스의 문학 시리즈입니다.